LA

# MACHINE

## A·COUDRE

PARIS
rue des Saints-Pères, 30

LILLE

J. LEFORT, IMP. LIBRAIRE
rue Charles de Muyssart

# LA MACHINE A COUDRE

# LA
# MACHINE A COUDRE

### PAR MADAME BOURDON

---

**LIBRAIRIE DE J. LEFORT**

IMPRIMEUR ÉDITEUR

**LILLE** | **PARIS**

rue Charles de Muyssart, 24 | rue des Saints-Pères, 30

# PERSONNAGES :

M. ARCHAMBAULD, propriétaire.

M<sup>me</sup> JEANNE ARCHAMBAULD.

M<sup>lle</sup> VALENTINE DERMOY, sœur de Jeanne.

M<sup>lle</sup> MALVINA DERMOY, tante de Jeanne et de Valentine.

MADELEINE ARCHAMBAULD.

M. ROGER TORSEL, jeune avocat.

Une cuisinière, une femme de chambre.

———

La scène représente un salon de campagne, élégant et rempli de fleurs. Sur le devant du théâtre, une machine à coudre; sur un canapé, des étoffes de toute espèce, des rubans, des guipures, des gravures de modes, des patrons, etc.

———

# LA
# MACHINE A COUDRE

## ACTE PREMIER

### SCÈNE I

JEANNE *travaillant à la machine*, M^{lle} MALVINA *brodant*, MADELEINE *jouant avec une poupée*.

JEANNE. Ma tante?

M^{lle} MALVINA. Plaît-il?

JEANNE. Ne voudriez-vous pas me préparer quelques ourlets? je suis si pressée!

M<sup>lle</sup> MALVINA. Eh ! pourquoi donc ? n'avez-vous pas assez de robes, de fichus et de corsages ?

JEANNE. Mais, ma tante, nous allons au Tréport dans huit jours ; ne me faut-il pas quelques costumes, et à Madeleine aussi ?

MADELEINE. Oh ! oui, petite mère, et à Miss Dora aussi.

JEANNE. Voyez : costume de voyage, un ; costume de plage, deux ; costume de bain, trois ; toilette de jour, quatre ; toilette de dîner, cinq ; toilette de concert, six ; toilette de bal... à tout événement, sept ; quatre costumes pour la petite, onze : Est-ce assez modeste, et ne verrai-je pas à côté de moi des femmes qui ne mettent pas deux fois la même robe? Quand, il y a deux ans, je vous ai accompagnée à Vichy, n'avons-nous pas compté trente-quatre toilettes complètes à M^me Dalbert, et cela, en moins de dix jours? Vraiment, ma tante, je ne comprends pas vos étonnements; il faut être de son siècle et vivre comme tout le monde.

M^lle MALVINA. Je ne m'étonne pas, rien ne m'étonne plus en fait de sottise humaine; mais je ris de vos mascarades, costume de voyage, costume de plage, costume de bain, on se croirait chez Babin. Et ce sont des femmes honnêtes qui affichent ces extravagances-là, et qui ne se croient décemment vêtues qu'en changeant d'habit sept fois par jour! Que trouverez-vous au bout de vos sept déguisements et de vos falbalas qui singent tous les genres? la ruine ; c'est moi qui vous le dis, la ruine, et pire peut-être!

JEANNE, *riant*. La ruine! oh! ma tante, vous êtes pire que l'antique Cassandre! la ruine pour quelques mètres d'étoffes à bon marché, cousues par moi-même! Vous n'y pensez pas!

M^{lle} MALVINA. J'y pense très-bien, et je dis que vos machines américaines, vos journaux de modes, vos patrons et vos étoffes à bon marché, après vous avoir desséché la cervelle, dessécheront votre bourse! C'est sérieux, Jeanne, ce que je vous dis : la fureur de la toilette, facilitée par toutes les inventions modernes, est la perte des femmes, vous le verrez.

JEANNE. C'est à cause de cela que vous ne voulez pas m'aider à préparer ma couture ?

M<sup>lle</sup> MALVINA. Possible. J'aime mieux broder.

JEANNE. Mais on ne brode plus, ma tante, personne ne brode. Les broderies ne se portent plus.

M<sup>lle</sup> MALVINA. Possible, mais elles m'amusent, moi, et je trouve que c'est un travail plus délicat et plus artistique que vos coutures à l'américaine.

JEANNE. Vous en voulez bien à ces pauvres machines ! (*La cuisinière et la femme de chambre entrent.*)

LA CUISINIÈRE. Madame voudrait-elle me donner du sucre, de la vanille, du rhum, du café, du gluten et du riz ?

JEANNE. Voici la clef de l'office, prenez vous-même, je ne puis pas quitter. (*La cuisinière sort.*)

JEANNE *à la femme de chambre*. Florine, préparez-moi les coutures de mon fichu Marie-Antoinette, de ma robe de foulard rose et de mon costume en toile du Japon.

FLORINE *avec humeur*. Je ferai ce que commande madame, mais mon repassage est là tout mouillé; il sera sec comme du bois quand j'aurai fini.

JEANNE. Vous le remouillerez. (*Florine sort en emportant les étoffes.*)

M<sup>lle</sup> MALVINA. Encore un résultat de la machine! La maîtresse de maison, changée en couturière, livre ses clefs, et détourne sa domestique d'une besogne utile pour une pure fantaisie.

JEANNE, *embarrassée.* Comme vous prenez les choses, ma tante !

M<sup>lle</sup> MALVINA. Comme il faut les prendre, ma nièce : par raison d'abord et par amitié pour vous ensuite.

JEANNE. J'entends du bruit ; voilà Valentine !

## SCÈNE II

*Les mêmes,* VALENTINE *en mantelet et en chapeau.*

VALENTINE. Me voilà enfin ! Bonjour, chère tante ! bonjour, Jeanne !

JEANNE, *l'embrassant.* Que je suis donc aise de te voir ! cela m'a paru long ! T'es-tu bien amusée ?

VALENTINE. Comme on s'amuse à Paris,

quand il fait chaud et qu'on a beaucoup de commissions à faire ! Je n'ai rien oublié, je crois : voilà tes nouveaux guides pour border, soutacher et ganser ; j'ai tes passementeries, tes perles, ton cluny, ton aunage de foulard bleu et tes boutons d'argent oxydé. Voici les livres pour ma tante, *le Récit d'une sœur* et *les Choses de l'autre monde*, par l'abbé Bautain. Voici pour miss Dora, si elle est sage, des bottines à talons...

MADELEINE. Donnez, ma tante, Dora est la sagesse même.

M<sup>lle</sup> MALVINA. Et on lui donne des bottines à talons en guise de couronne de roses !

JEANNE. Et tu n'as rien vu de nouveau ?

Valentine. On voit toujours du nouveau à Paris, et hier j'ai vu une chose vraiment curieuse, incroyable, spectacle gratis que ma chère compagne de voyage m'a procuré. Figure - toi qu'elle avait affaire chez X***, le couturier, et qu'elle m'y a menée...

Jeanne. Est-ce beau ?

Valentine, *riant*. C'est un sanctuaire tout en palissandre, où le couturier rend ses oracles. Il était là, assis sur un canapé, indolent et majestueux, regardant du haut en bas cette charmante Anglaise, lady Cécilia, tu sais, que nous avons rencontrée dans le monde l'hiver dernier. Elle était debout comme une écolière devant son maître, en grande et fraiche toilette, et elle attendait que l'oracle infaillible eût parlé. — Très-bien, dit le dieu, sauf la ceinture qui est hideuse. Remplacez ça !... Elle obéit. Une autre jeune dame prit sa place, et lui dit d'un ton caressant : Ce manteau me va-t-il ? — A ravir. Elle s'en alla contente, et moi je n'en revenais pas. Une troisième survint, et lui dit : — Je voudrais une robe pour sortir à pied. — Vous ne sortez pas à pied, répondit-il imperturbablement. Voilà ce qu'il vous faut. Il désigna une robe de faye blanche, brodée de paille. Elle se soumit, et moi je n'en revenais pas.

M<sup>lle</sup> MALVINA. Et vous mourez d'envie d'aller vous faire inspecter à votre tour ?

VALENTINE. Pardon, ma tante, cela m'a confirmée dans mes idées indépendantes.

Jeanne, *rêveuse.* Pourtant, c'est agréable, un homme dont le coup d'œil est si juste, et le goût si sûr ! *(Florine entre.)*

Florine. Madame, la bonne femme Marcel est là ; elle demande si madame a eu la bonté de penser à son affaire ?

Jeanne. Ah ! mon Dieu ! je n'ai pas eu le temps !

Florine. C'est qu'elle dit que, passé aujourd'hui, il sera trop tard, le conseil des hospices de Melun ne se réunira plus avant l'hiver, et elle mourra de misère.

Jeanne. Quel malheur ! il est trop tard ! tenez, Florine, donnez-lui cela. *(Elle met une pièce d'argent dans la main de Florine.)*

Valentine. Pauvre vieille Marcel !

***

elle est si infirme! Comment n'as-tu pas pensé à sa misère, Jeanne?

JEANNE. Ai-je le temps! vois ce monceau d'ouvrage! et mon mari rentre demain, et nous partons dans huit jours.

MADELEINE. Petite mère, tu feras un costume pour miss Dora, n'est-ce pas? Elle ne peut pas voyager avec sa robe verte; c'est une toilette de ville!

JEANNE. Nous verrons cela. Va jouer maintenant.

MADELEINE, *en sautant.* Sans lire, sans compter! quel bonheur! *(Elle sort.)*

JEANNE. Et mon mari ne revient pas seul : M. Roger nous arrivera avec lui. Occasion de faire une jolie toilette, Valentine!

VALENTINE. Tu crois, ma sœur!

M^{lle} MALVINA. N'en faites rien, ma nièce, restez simple et modeste.

JEANNE. Ah! ma tante, un peu de chic ne nuit jamais.

M^{lle} MALVINA, *se levant.* Vous me faites fuir, ma nièce, par ce mot malheureux autant que par le bruit agaçant de votre machine. Venez-vous avec moi, Valentine?

JEANNE. Tu ne m'aideras pas à garnir mes ceintures?

VALENTINE. J'aide ma tante à monter ses livres et sa corbeille, et je reviens.

JEANNE. Je vais modifier un peu le patron de ce corsage Watteau. Allons! il faut que je le recoupe sur la grande table de la lingerie. *(Elles sortent.)*

# ACTE SECOND

---

## SCÈNE I

### M. ARCHAMBAULD, ROGER.

M. ARCHAMBAULD, *se promenant.* Et vous êtes toujours décidé à vous marier le plus tôt possible ?

ROGER. Certes, et depuis que j'ai revu mademoiselle Valentine, je suis plus pressé que jamais.

M. ARCHAMBAULD. Cela mérite réflexion, pourtant. On se repent à loisir de ce qui a été fait trop vite.

ROGER. Par exemple, c'est vous, Edmond, le partisan déterminé du mariage, et du mariage précoce, qui parlez de la sorte? Ne vous êtes-vous pas marié à vingt-cinq ans, et ne m'engagiez-vous pas à suivre, et *presto*, votre exemple? Ce que je vois de votre ménage, d'ailleurs, me confirme tout à fait dans vos idées.

M. ARCHAMBAULD. Oui... sans doute... sans aucun doute... nous avons tout ce qu'il faut pour être heureux.

ROGER. Et vous l'êtes.

M. ARCHAMBAULD, *s'arrêtant*. Non ! au commencement de mon mariage avec Jeanne, il me semblait être dans un<sup>e</sup> oasis; son affection, sa grâce, son esprit naturel, charmant, me donnaient un bonheur que je n'avais pas même imaginé; nous avions un intérieur simple, élégant, paisible; elle avait du temps pour s'occuper de son ménage et de son piano : elle aimait les pauvres, elle aimait les livres, elle aimait les fleurs; elle était, en un mot, si bonne et si aimable, que je ne songeai pas un instant à regretter ma liberté. Combien de maris peuvent en dire autant? Ma petite fille naquit, autre joie. Maintenant un brouillard est tombé sur ce paysage, et je ne sais s'il se relèvera jamais.

Roger. Qu'est-il arrivé? parlez-moi comme à un ami.

M. Archambauld. Eh bien! il a pris à ma femme une fureur de toilette qui obscurcit tout ce qu'il y avait en elle de qualités solides et gracieuses. Elle n'a plus qu'une idée, s'habiller; — qu'une lecture, les bulletins de modes ; — qu'une occupation, la couture ; — qu'un désir, porter tout ce qui s'invente, en fait d'oripeaux, aux quatre coins de Paris. J'ai eu la stupide idée de lui donner pour sa fête une machine à coudre ; c'est le cheval de Troie, mon cher, que j'ai introduit dans ma maison ! Depuis ce temps, Jeanne passe sa vie à tourner une manivelle, elle devient machine elle-même, comme les pauvres femmes des manufactures ; ses idées s'engourdissent, ses talents sont négligés, sa maison est abandonnée ; plus de conversations, plus de lecture en commun ; elle a une idée fixe, produire — produire sans cesse de nouveaux vêtements, les porter quelques jours, les jeter au coin de la borne et recommencer. Tout ce que les gazettes de modes inventent et importent est aussitôt copié, et je lui vois porter, tour à tour, des mascarades de tous les temps et de toutes les nations, depuis la jupe de la cantinière jusqu'aux nœuds des bergères de trumeau. J'avais épousé une femme raisonnable, une femme spirituelle, une compagne, une confidente ; je n'ai plus qu'une couseuse mécanique qui me fait devenir à moitié fou de colère et d'ennui.

ROGER. Et vous croyez que mademoiselle Valentine aime aussi démesurément la couture ?

M. ARCHAMBAULD. Je n'en sais rien, que sait-on des jeunes filles ? Jusqu'ici elle n'a pas cousu ; mais, dame, la fantaisie peut lui prendre.

Roger. Je ne mettrai pas de machine américaine dans la corbeille.

M. Archambauld. Et bien vous ferez !

Roger, *regardant par la fenêtre*. Je vais rejoindre ces dames au jardin. (*Il sort.*)

## SCÈNE II

## M. ARCHAMBAULD, MADELEINE

Madeleine, *sautant sur les genoux de son père*. Bonjour, mon petit père ; je ne t'ai presque pas vu hier au soir ! Tu as été longtemps en voyage... M'as-tu rapporté quelque chose de joli ?

M. Archambauld. Et toi, fanfan, as-tu été bien sage ?

Madeleine. Je ne sais pas... J'ai

beaucoup joué, tant joué que miss Dora
s'ennuyait et qu'elle a demandé à aller
se coucher à quatre heures.

M. ARCHAMBAULD. Tu t'ennuyais?
Mais tes petites leçons ! ta lecture ? ton
catéchisme ?

MADELEINE. On n'en parlait plus,
excepté ma tante Malvina, qui a voulu
m'apprendre à tricoter, mais c'est en-
nuyeux comme tout. Quelquefois je
faisais aller la pédale de la machine de
maman, mais cela m'ennuyait aussi...

M. ARCHAMBAULD. On ne s'occupait
donc pas du tout de ta petite personne ?

MADELEINE. Non, père, tout le monde
cousait, maman, Florine; et ma tante
Valentine, elle, peignait un beau petit
tableau, et elle ne voulait pas que je

joue avec ses brosses et sa palette....

M. Archambauld. Eh bien ! va dans ma chambre, tu y trouveras un chalet et une petite cuisine, qui t'empêcheront de t'ennuyer au moins aujourd'hui.

Madeleine. Oh ! petit père, bon petit père, merci ! Je ne m'ennuierai plus jamais ! et miss Dora ! quel joli dîner je vais lui faire, après sa promenade au chalet ! (*Elle sort en sautant.*)

M. Archambauld. Pauvre petite ! il paraît que sa mère n'a plus le temps de penser à elle.... (*Florine entre.*)

Florine. Monsieur....

M. Archambauld. Eh bien !

Florine. Je cherchais madame, mais je puis le dire tout de même à monsieur.

M. Archambauld. Quoi ?

FLORINE. Que je donne congé à madame, que je fais mes huit jours, parce que je ne veux pas rester plus longtemps avec mam'zelle Zélie, la cuisinière.

M. ARCHAMBAULD. Que vous fait Zélie?

FLORINE, *très-vite*. Elle me fait que je ne veux pas vivre avec elle, parce qu'elle me perdrait ma réputation et mon honneur, mam'zelle Zélie; qui n'enrage pas pour mentir, n'est pas étouffée de délicatesse non plus. Allez, monsieur, allez voir dans ses malles, et vous y trouverez bien des choses qu'elle n'a pas payées. Hier, encore, elle est allée à l'office, et un flacon de Malaga, du sucre, des confitures, s'en sont allés aussi. Et l'anse du panier! c'est elle qui la fait valser! Madame est trop bonne, trop peu regardante ; mais moi, je crains que cela ne tombe sur les innocents, et je m'en vais !....

M. Archambauld. Bien, Florine, j'en parlerai à ma femme. La voici justement. (*Florine sort.*)

## SCÈNE III

# M. ARCHAMBAULD, M<sup>lle</sup> MALVINA, JEANNE, VALENTINE.

M. Archambauld. Ma chère Jeanne, votre camériste vous cherchait. Une révolution de ménage se prépare.

Jeanne. Quoi donc ?

M. Archambauld. Florine vous quitte.

Jeanne. Ah ! mon Dieu !... et mes costumes du Tréport ! il n'y a qu'elle qui sache bien faire les nœuds de ceinture.

M. Archambauld. Une autre les fera... ou on s'en passera... Mais ce qui est plus grave, c'est que Florine prétend que votre cordon bleu prélève des contributions exorbitantes sur notre maison.

Jeanne. Qu'y faire? elles sont toutes de même.

M. Archambauld, *avec colère*. Qu'y faire? y veiller, parbleu! et penser qu'il est ici-bas d'autres devoirs que la toilette et la couture, et que vous n'êtes pas au monde uniquement pour tirer l'aiguille et tailler des étoffes. Vous êtes maîtresse de maison, mère de famille, et non lanceuse de modes ou couturière!

Jeanne, *pleurant*. Je travaille moi-même, je fais de mon mieux, et vous êtes fâché!

M. Archambauld. Parce que votre mieux n'est pas ce qu'il y a de mieux à faire. (*Il sort brusquement.*)

Valentine. Ma pauvre sœur !

M<sup>lle</sup> Malvina. Que vous disais-je, ma nièce?

Jeanne. Mon Dieu ! et s'il savait !

Valentine. Quoi donc?

Jeanne, *tirant des papiers de sa poche.* S'il savait.... Je n'oserai jamais lui avouer....

M<sup>lle</sup> Malvina. Des dettes?

Valentine. Pas possible? puisque, grâce à la machine, tu fabriques tes toilettes toi-même?

Jeanne, *confuse.* Je ne pensais pas que les étoffes coûtassent si cher ! et puis les accessoires.... Vois donc ! il n'est pas possible que j'aie eu tout cela....

VALENTINE, *déployant un papier. Au Mandarin* : passementeries, galons, guipures, cinquante mètres Cluny... boutons de jais... boutons de nacre... galon perlé... ruban de velours... guipure noire... total : trois cent quatre-vingt-cinq francs en trois mois ! ! ! Et l'autre ?

JEANNE. Hélas ! c'est la note du Louvre. Neuf cents francs ! que dira-t-il ?

VALENTINE. Le voilà ! il a l'air fâché !

### SCÈNE IV

*Les mêmes*, M. ARCHAMBAULD.

M. ARCHAMBAULD, *une lettre à la main.* Jeanne, vous souvenez-vous de la commission que je vous avais donnée avant mon voyage en Suisse?

JEANNE, *embarrassée*. Une commission?

M. ARCHAMBAULD. Oui.... une vieille lettre contenant une facture que je vous chargeais d'envoyer à notre cousine Royan. Ces pièces lui étaient indispensables pour son procès, et je venais de les trouver parmi les papiers de mon père.

JEANNE, *accablée*. Je l'ai oubliée. Cette vieille lettre est là (*montrant sa machine à coudre*), dans le petit tiroir. J'ai perdu cela de vue...

M. ARCHAMBAULD. Et grâce à vous, notre cousine, notre amie a perdu son procès. Je vous chargeais de cette affaire, je croyais pouvoir me fier à vous comme

à un autre moi - même, et voilà comment vous avez répondu à ma confiance!
Ma maison négligée, mon enfant abandonnée, mes affaires méprisées, mon
intérieur devenu impossible, tel est le
résultat de votre...

M<sup>lle</sup> MALVINA. Mon cher neveu, ne
soyez pas trop sévère pour ma pauvre
Jeanne : c'est l'abus d'une bonne qualité
qui l'a fait pécher, elle a voulu tra-
vailler, et l'excès du travail matériel
l'a détournée d'autres devoirs... Cela
arrive...

JEANNE, *serrant la main de sa tante.*
Oh ! merci, ma tante !

M<sup>lle</sup> MALVINA, *bas.* Je paierai vos
dettes, mais ne recommencez plus.

VALENTINE. Mon bon frère, ne soyez

pas mécontent contre Jeanne; voyez, elle a du chagrin!

M. ARCHAMBAULD. Croyez-vous que je n'en aie pas?

JEANNE. Mon ami, j'ai eu tort, je le confesse.

M. ARCHAMBAULD, *lui serrant la main*. Ah! ma femme, que vous étiez gentille autrefois quand vous ne cousiez pas toujours!

JEANNE. Vendons la machine, elle me rendait stupide; nous en donnerons l'argent à la pauvre mère Marcel. Et dès demain je réorganise ma maison, je donne des leçons à Madeleine, et dès ce soir j'écris à notre cousine pour lui demander pardon!

M. ARCHAMBAULD. Qui pourrait ne pas

pardonner à Jeanne? et la robe de noces de Valentine, qui la fera?

VALENTINE. Rien ne presse, mon frère.

JEANNE. Je la lui offrirai, mais sans y mettre l'aiguille; je craindrais que la passion de la couture ne me reprît. (*Madeleine entre avec sa poupée.*)

MADELEINE. Mère, petite mère, voulez-vous faire bien vite un costume de cuisinière à miss Dora! tout de suite, s'il vous plaît!-(*tous rient.*)

FIN

— Lille. Typ. J. Lefort. 1869. —

À LA MÊME LIBRAIRIE

Bibliothèque du premier âge.

VOLUMES GRAND IN-32.

Les Fleurs.
L'Épi de blé.
Le Grain de sable.
Le Lac, les rivières et la pêche.
Le Lion et l'Éléphant.
Lucie et Sophie.
Naufrages.
La Neige.
Nicolas Flamel.
De l'Observation du Diman-
  che.
L'Œuvre utile.
Le Père Martin.
Les Petits Savoyards.